AF438695

LE PETIT NÈGRE

Il rencontra un jeune homme qui pêchait
et un petit nègre près de lui.

LE
PETIT NÈGRE

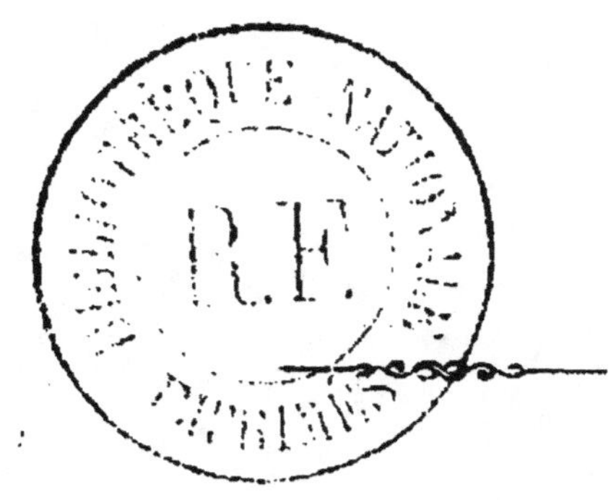

LIBRAIRIE DE J. LEFORT

IMPRIMEUR, ÉDITEUR

LILLE | **PARIS**
rue C. de Muyssart, 24 | rue des Sts-Pères, 30

LE
PETIT NÈGRE

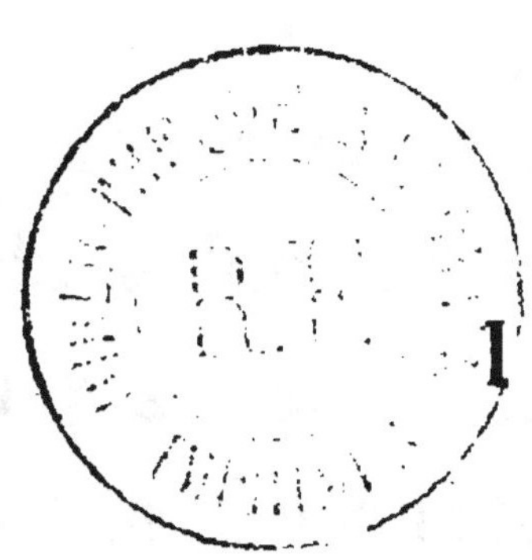

Il y a quelques années, une famille française fut envoyée en Amérique, le père y ayant obtenu une place importante qu'il sollicitait. Il amena avec lui sa femme, ses fils et deux filles, dont l'une fut mariée à un homme distingué ayant un grade déjà avancé dans la marine.

Dieu bénit cette union et leur donna un fils qu'ils élevèrent avec les soins les plus tendres et les plus éclairés. Ses parents veillaient tous les jours à conserver l'innocence de son cœur; et cet enfant, l'objet de tant de sollicitude, répondait à tant d'affection, qu'il ne comprenait pas encore, par une docilité et une soumission qui faisaient la joie de M. et de Mme Bouteville.

A mesure que leur fils Charles grandissait, ils s'efforçaient de développer en lui toutes les bonnes qualités qui devaient assurer son bonheur à venir.

Charles était cependant léger et étourdi, comme on l'est à son âge; il aimait à faire de longues promenades dans les environs de Montréal, où habitaient ses parents. Comme il avait fort bon cœur, il s'arrêtait souvent en voyant les nègres occupés à de pénibles travaux par un soleil brûlant; il causait avec eux, surtout avec les plus jeunes, dont il plaignait sincèrement le malheureux sort; car, dans ces contrées, il se trouve des maîtres impitoyables, sous les ordres desquels de pauvres petits nègres, à peine âgés de quinze ans, sont forcés de travailler toute la journée sans jamais prendre un peu de repos, sous peine de recevoir des coups de bâton. Charles s'adressait souvent à eux, et leur faisait accepter quelque menue pièce de monnaie, ou bien quelques friandises que ses parents lui avaient données et dont il faisait généreusement le sacrifice.

Un jour, Charles, qui avait

alors une dizaine d'années, s'en alla comme de coutume faire une promenade, accompagné de son domestique. Il suivit les belles rives du Saint-Laurent, cette magnifique rivière qui favorise si bien l'immense commerce de pelleteries, source de prospérité pour le pays; car le lit de ce fleuve est extrêmement large et forme comme un lac en quelques endroits.

Charles se mit à courir en

avant, en sautant et gambadant, de telle sorte qu'il se trouva bientôt éloigné du domestique qui l'accompagnait. Il se baissait parfois pour cueillir sur son chemin quelques fleurs dont il voulait faire un bouquet pour offrir à sa mère à son retour à Montréal. Il rencontra un jeune homme qui pêchait et un petit nègre près de lui. Après avoir causé quelques instants avec le pêcheur, l'enfant continua sa promenade, et aperçut une fleur fraîchement éclose, dont l'éclat brillait aux rayons du soleil, et qu'il n'avait jamais rencontrée sur ces parages :

« Ah ! s'écria-t-il en sautant de joie, petite fleur, ton parfum et tes vives couleurs méritent que tu sois ajoutée au bouquet que je tiens ! »

Mais la difficulté était de s'en emparer ; cette charmante fleur avait poussé sur la rive du Saint-Laurent, tout au bord de l'eau.

« C'est égal, se dit notre imprudent étourdi, il faut que je te possède ! »

Et oubliant les sages recommandations que sa mère lui avait si souvent renouvelées, il descend doucement la rive en se tenant aux herbes qui la couvraient, puis il se penche pour saisir la fleur, objet de ses désirs.

Mais, au même instant, il pousse un cri et tombe dans le fleuve ; la tige à laquelle il s'était accroché s'était détachée de terre, et il allait périr victime de son imprudence.

Heureusement, le petit nègre avait entendu ce cri de détresse; il accourt, et, sans hésiter, se jette à l'eau, plonge et replonge : mais Charles avait été entraîné par le courant, et ce ne fut qu'à grand'peine qu'il parvint enfin à le saisir par les vêtements.

Le jeune pêcheur, moins courageux, avait pris la fuite

sous prétexte d'aller chercher du secours. Le nègre, bien qu'il fût intrépide nageur, sentit bientôt ses forces épuisées, et, malgré tous ses efforts, ne pouvait parvenir à déposer son précieux fardeau sur la rive, quand survint le domestique de Charles, qui, effrayé de ne plus voir son jeune maître et ayant entendu de loin le cri qu'il avait jeté, accourait précipitamment; il tendit la main au nègre, et, avec son secours, tous deux furent bientôt étendus sur la rive.

Charles avait perdu connaissance, et son domestique, coupable de l'avoir ainsi abandonné, à moitié fou d'épouvante et de douleur, le regardait d'un œil hagard, sans songer à s'assurer si Charles respirait encore.

Quant au jeune nègre, il recouvra bientôt un peu de forces ; il coucha Charles sur le côté, lui frictionna les extrémités pour remettre le sang en circulation, et bientôt celui-ci rouvrit les yeux. Son jeune libérateur dit alors au domestique, toujours immobile, d'aller en toute hâte à la ville chercher une voiture; il obéit comme une machine et partit précipitamment.

II

Le lendemain, Charles était couché dans son lit, malade

plutôt de la frayeur qu'il avait éprouvée que des suites du bain qu'il avait pris malgré lui.

Sa bonne mère était assise à son chevet, les yeux encore rouges de larmes qu'elle avait versées la veille à la nouvelle du funeste accident dont son fils bien-aimé avait failli être victime. Elle suivait attentivement des yeux tous les mouvements de ce pauvre Charles sur le visage duquel les fraîches couleurs avaient fait place à une pâleur mortelle.

Quand il sortit du sommeil dans lequel il était plongé, sa mère se pencha sur lui, et, l'embrassant avec toute l'effusion de l'amour maternel, elle lui dit :

« Comment te trouves-tu aujourd'hui, mon fils?

— Très-bien, maman, » répondit Charles.

Sur ces entrefaites, M. Bouteville entra dans la chambre,

et après avoir déposé un baiser sur le front de son fils : ·

« Charles, lui dit-il, te sou-
viens-tu de ce qui s'est passé
hier? Sais-tu que tu as causé
un bien grand chagrin à ta
mère et à moi?

— Oh! oui, papa; je vous
assure que cela ne m'arrivera
plus; j'ai été bien puni de
mon imprudence... Et le petit
nègre qui m'a retiré de l'eau,
l'avez-vous revu? Je vou-
drais bien qu'il vînt ici pour

que je puisse le remercier.

— Oui, mon fils, il viendra; mais pas aujourd'hui, plus tard; car il appartient à un maître méchant qui l'a même puni pour avoir abandonné le travail qu'il lui avait donné à faire, et qu'il n'avait pu achever à cause du temps qu'il a dû passer à te sauver.

— Pauvre nègre, dit Charles les larmes aux yeux : ainsi, au lieu d'être récompensé comme il l'aurait bien mérité, le service qu'il m'a rendu ne lui a valu que des châtiments. Oh! mon père, il faudra le tirer du triste état dans lequel il se trouve !

— J'y ai déjà pensé, reprit M. Bouteville, et je suis heureux de l'idée que t'inspire ta reconnaissance ; car tu lui es redevable de la vie, à ce pauvre malheureux. Sans lui, tes parents en seraient maintenant réduits à verser des larmes stériles sur ta mort; tu aurais

été la victime de ton imprudence. Je veux le racheter à
son maître, et te le donner pour
compagnon ; c'est là le moins
que je puisse lui faire pour
t'avoir sauvé la vie. Il est vrai
que son maître, devinant l'im-
portance que j'attache à sa dé-
livrance, se montrera difficile ;
mais qu'à cela ne tienne, il
aura ce qu'il mérite pour m'a-
voir rendu mon fils. »

Deux jours après, M. Bou-
teville se rendit chez le maître

du petit nègre. C'était un Anglais du nom de Barlowe, un des membres principaux de la riche association qui existe à Montréal pour la traite des pelleteries. Cette société, connue sous le nom de Compagnie de la baie d'Hudson, se composait, il y a dix ans, de plus de huit mille agents et chasseurs.

Mylord Barlowe n'était naturellement ni méchant ni cruel; mais il s'était habitué à considérer les nègres qui travaillaient pour lui comme des machines, ou comme des animaux un peu plus inoffensifs que les tigres et les hyènes qu'il tuait à la chasse. Ceux qui se trouvaient le moins du monde en défaut, il leur faisait tout simplement distribuer cinquante, cent coups de bâton, selon la gravité de la faute ; et si quelqu'un se fût avisé de trouver cela un peu méchant, à coup sûr mylord eût haussé les épaules d'étonnement et n'aurait rien compris à un reproche de ce genre. En effet, ces pauvres gens sont si souvent l'objet de mauvais traitements, qu'ils en ont pris en quelque sorte l'habitude et qu'ils reçoivent sans sourciller les plus rudes châtiments.

Et pourtant, chers enfants, ce sont des hommes qui ont un corps et une âme comme nous, qui sont appelés comme nous à gagner le ciel.

Revenons à notre histoire.

M. Bouteville, qui connaissait lord Barlowe, l'alla donc trouver et lui exposa le beau trait qu'avait accompli son jeune esclave.

« Bah! répondit Barlowe ; ces nègres, ils sont bien aises de se jeter à l'eau pour se rafraîchir, et puis ça nage comme un marsouin.

— C'est vrai, répondit M. Bouteville, qui voulait avoir

l'air d'entrer dans ses vues pour arriver à son but ; mais cela n'empêche que sans lui mon fils aurait peut-être servi de pâture à quelque marsouin ; il mérite donc que je lui fasse un peu de bien.

—Que voulez-vous lui faire? un peu de bien, un peu de mal, pour les brutes de cette espèce, il n'y a pas de différence.

— Mais pourtant, M. Barlowe, si c'était un de vos enfants qu'il eût empêché de se noyer, vous lui en auriez toujours quelque reconnaissance ?

— Certainement oui, je lui laisserais la liberté d'aller partout où il voudrait.

— Eh bien, reprit M. Bouteville, je viens vous proposer un marché : si vous voulez me le vendre, je vous offre vingt-cinq livres sterling. »

Cette offre toucha lord Barlowe. Ce nègre ne lui avait rien coûté, puisqu'il était né dans la colonie ; d'ailleurs il ne paraissait pas assez robuste pour résister longtemps aux rudes travaux qui lui étaient imposés. C'était donc une bonne affaire à conclure.

« Eh bien, répondit-il d'un air satisfait, allons le trouver, et voyons s'il aura seulement l'esprit de comprendre l'offre avantageuse qui lui est faite. »

III

Ils allèrent donc ensemble vers le lieu où travaillait le jeune nègre. A la vue du maître, tous les nègres continuèrent leur travail avec plus d'ardeur qu'auparavant, car ils le craignaient, et on lisait cet effroi dans leurs mouvements et sur leur visage. Quand l'intéressant libérateur de Charles vit son maître se diriger vers lui, il trembla de tous ses membres, et quand la parole lui fut adressée, il était plus mort que vif, car lord Barlowe ne parlait jamais à ses nègres que pour leur annoncer qu'ils recevraient le soir plus ou moins de coups de bâton.

M. Bouteville, de son côté, était péniblement ému à la vue de ce pauvre malheureux auquel il devait tant de reconnaissance pour lui avoir rendu le trésor le plus précieux qu'il eût au monde.

« Voilà quelqu'un qui a l'envie de t'acheter, » lui dit brusquement lord Barlowe.

Le nègre baissa la tête et ne remua pas.

Pendant ce temps, M. Bouteville contemplait ce visage amaigri, ces yeux noirs et vifs, qui seuls donnaient quelque cachet d'intelligence à cette noire figure.

« Comment te nommes-tu?

lui dit-il d'une voix douce.

— Michaël, répondit le nègre sans relever la tête.

— Eh bien, Michaël, je te prends à mon service; demain tu viendras chez moi, et tu m'appartiendras. C'est convenu, n'est-ce pas, lord Barlowe?

— Je l'ai dit, répondit celui-ci, le marché est conclu. »

Et ils laissèrent Michaël stupéfait, ignorant encore l'heureux sort qui lui était réservé.

M. Bouteville paya sur-le-champ à lord Barlowe les vingt-cinq livres, et ils se séparèrent, l'un satisfait de ce qu'il appelait le bon marché qu'il venait de conclure, l'autre heureux de pouvoir bientôt payer à Michaël le tribut de reconnaissance qui lui pesait sur le cœur.

Rien ne peut égaler le contentement et l'allégresse que Charles fit éclater quand son père lui annonça que son libérateur serait libre le lendemain, et qu'il pourrait le remercier, lui rendre mille bienfaits pour le seul mais important service qu'il en avait reçu.

La journée lui parut longue, il attendait impatiemment l'arrivée de la nuit; mais il ne put guère goûter les douceurs du sommeil; le souvenir du dànger qu'il avait couru, mille sentiments de reconnaissance, de crainte remplissaient son âme.

Enfin ce lendemain tant désiré arriva; M. Bouteville envoya chercher Michaël, qui fut reçu à bras ouverts par toute la famille. Charles éprouva une impression singulière à la vue de ce vilain petit nègre. Cela ne doit pas vous éton- ner, mes chers enfants, car peut-être en auriez-vous eu peur, vous qui trouvez déjà si laids les charbonniers ou les ramoneurs de notre pays; mais s'ils sont si laids à l'extérieur, ils peuvent pourtant avoir et ils ont souvent un bon cœur; d'ailleurs ils sont toujours assez beaux s'ils aiment Dieu et s'ils remplissent leurs devoirs envers lui.

Il y a un proverbe qui dit : *A laver la tête d'un nègre on perd sa lessive;* je veux bien le croire : mais il n'y en a pas qui dise que les efforts que l'on tente pour former leur esprit et leur cœur sont infructueux; au contraire, ils se montrent le plus souvent dociles et reconnaissants envers ceux qui leur donnent des soins.

Michaël avait, comme nous le verrons plus tard, d'excellentes dispositions ; mais elles n'avaient reçu jusqu'alors aucun développement, vu qu'on le faisait travailler comme on fait travailler dans notre pays civilisé les bêtes de somme, les chevaux, les bœufs, sans jamais développer le moins du monde son intelligence, qui doit le distinguer de l'animal.

Il y avait donc beaucoup à faire pour rendre à Michaël sa

dignité d'homme, qu'il avait ignorée jusque-là. D'abord, il parut ne pas comprendre grand'chose aux démonstra- tions de joie et d'affection dont il fut l'objet; il regardait autour de lui d'un air ébahi, ignorant tout ce que cela voulait dire. La transition du sort le plus triste au bien-être était trop prompte pour qu'il pût croire à son bonheur.

Ce fut Charles qui se chargea de lui faire comprendre la vie nouvelle dans laquelle il allait entrer. Il usa à son égard des procédés les plus aimables, si bien qu'au bout de quelques jours Michaël se trouva familiarisé avec son nouveau genre de vie.

Peu à peu, grâce aux soins assidus dont il fut entouré, son intelligence se développa, les bonnes qualités dont il portait le germe dans son cœur prirent un heureux développement, et jamais M. et Mme Bouteville n'eurent lieu de regretter tout ce qu'ils avaient fait pour lui.

Il fut toujours l'ami et le compagnon de Charles plutôt que son serviteur ; car si celui-ci lui était redevable de la vie, Michaël devait à Charles de ne plus gémir dans l'esclavage, et de vivre heureux et tranquille dans une honnête aisance.

LA BONNE ADÈLE

M. Dumont, ancien marchand, par suite de malheureuses affaires, et surtout de sa mauvaise conduite, se trouvait réduit à l'indigence dans sa vieillesse. Et comme il n'avait

pas reçu une éducation reli-
gieuse, il ajoutait à ses maux
par ses murmures et ses blas-
phèmes contre la Providence.

Mme Lambert était dame
de charité dans le quartier
qu'habitait Dumont. En allant
visiter les pauvres, elle se faisait
accompagner par sa fille Adèle,
douce et belle enfant de dix ans
et demi. Un jour que Mme Lambert portait des secours dans la
maison qu'habitait Dumont,
elle dit à sa fille :

« Adèle, tandis que je vais voir cette femme malade, entre chez M. Dumont, remets-lui cet argent pour sa semaine, et attends chez lui que je t'appelle. »

« Bonjour, M. Dumont, dit Adèle de sa plus douce voix. Les dames de charité vous envoient ceci pour vous consoler un peu. »

Le vieillard, la regardant, lui répondit :

« Pourquoi condamner une

si jeune enfant à visiter un malheureux comme moi?

— Je respecte les pauvres; maman croit qu'ils auront les premières places dans le ciel.

— C'est hideux à voir qu'un vieillard décrépit : retournez vite à vos jeux, ma belle petite demoiselle.

— Maman dit encore qu'il faut respecter les vieillards; car plus on est près de la mort, plus on est près du ciel.

— Pauvre enfant, le ciel !

le ciel, savez-vous seulement
s'il existe ?

— Il faut bien qu'il existe,
puisqu'il y a des malheureux
comme vous à dédommager,
des justes à récompenser.

— Un ciel pour les justes,
dites-vous ? A ce compte, qui
pourrait y entrer ? nous sommes
tous si méchants !

— Oh! dit Adèle, il y a un
paradis, ne fût-ce que pour
maman, qui est si bonne! et
les méchants y auront place

aussi, s'il ont aimé Dieu de tout leur cœur un moment seulement avant de mourir.

— Aimer Dieu est aisé à dire. Et si on ne peut pas? murmura le vieillard.

— Oh! que je vous plains, reprit Adèle, si vous ne savez pas aimer Dieu! Vous n'avez donc jamais regardé les belles étoiles du ciel et les belles fleurs de nos jardins?

— Vous êtes riche et heureuse, dit le vieillard avec

amertume... Il vous est facile de parler amour et reconnaissance. »

A ce moment, Mme Lambert appela sa fille. Adèle salua Dumont avec cet air de bonté qui lui était naturel, et elle fut rejoindre sa mère.

Quelques jours après, Adèle demanda à retourner chez le vieillard. Sa mère s'arrêta encore chez la malade qui occupait la chambre voisine.

« M. Dumont, dit Adèle,

maman m'a chargée de vous remettre cet argent. Et moi, ajouta-t-elle en rougissant un peu, je vous apporte, pour vous égayer, un bouquet de roses de mon parterre, et cette petite croix que je vous prie d'accepter. Elle est bien à moi, j'en puis disposer.

— *Et à quoi bon cette croix?* dit le vieillard.

— On assure, dit la douce enfant, qu'en regardant la croix on apprend à souffrir avec patience et à aimer Dieu. »

Dumont, attendri de la bonté d'Adèle, lui dit :

« Merci du bien que vous voudriez faire; mais il est trop tard : la vue de la croix ne m'apprend rien, à moi.

—Eh bien, je vous l'apprendrai, la religion ! dit vivement Adèle. Si maman me le permet, je viendrai souvent ici avec mon catéchisme, je vous l'expliquerai comme maman me l'explique. Oh ! vous verrez

le bien que cela vous fera,
lorsque vous aimerez Dieu et
que vous croirez au ciel !

— S'il y a des anges, vous
êtes l'un d'eux ! s'écria Dumont
en laissant tomber une larme
sur ses mains ridées. Revenez,
charmante enfant. L'argent
qu'on me donne ne me con-
sole pas comme vos douces
paroles. La vraie charité, c'est
de guérir le cœur. »

Mme Lambert, instruite par
sa fille de ses conversations avec

Dumont, consentit à la conduire souvent chez lui.

« N'ayez pas de honte, disait Adèle à son vieil élève, d'apprendre le catéchisme à votre âge. Si les savants vous lisaient les belles pages de leurs livres, vous les écouteriez avec plaisir, n'est-ce pas ? eh bien, rien n'est beau, rien n'est vrai comme le catéchisme ! »

Et Adèle redisait simplement tout ce qu'elle savait sur les perfections de Dieu, sur son amour pour ses créatures, sur les merveilles de la création, sur le sacrifice de Jésus-Christ, sur la beauté de la morale chrétienne.

« Où donc avez-vous appris tout cela, vous si jeune? lui dit un jour Dumont.

— Sur les genoux de maman, répondit Adèle en souriant. Elle me donne une explication du catéchisme, puis un baiser : j'ai appris en même temps à aimer Dieu et ma mère.

— Je fus orphelin de bonne

heure, dit Dumont en soupirant. Si j'eusse été élevé comme vous l'êtes, ma vie eût sans doute été différente. J'ai commis tant de fautes, j'ai manqué à tant de devoirs, que, si tout ce que vous dites est vrai, je suis perdu.

— Oh non ! répondit Adèle. Regardez la petite croix ; Celui qui y est attaché est mort pour vous comme pour les autres. Un peu de foi, un peu d'amour, un peu de patience, et je vous promets, moi, une belle couronne dans le ciel !

— Pas si belle que la vôtre, ange de Dieu, répondit le vieillard la regardant avec admiration.

— Pourquoi pas? reprit Adèle; votre pauvreté, vos souffrances peuvent vous être comptées comme des vertus, si vous le voulez. »

Ces entretiens avaient déjà fait une profonde impression chez le vieillard. Lorsqu'Adèle

le quittait, il réfléchissait longtemps aux leçons de vertu et
aux immortelles espérances que
cette enfant lui donnait. Dès
qu'elle apparaissait dans sa
pauvre demeure, il lui semblait
que tout s'éclairait, s'embellis-
sait autour de lui. Dès qu'elle
parlait, il lui semblait que cette
voix si douce venait du ciel et
qu'elle calmait ses souffrances.
Il supportait mieux sa misère ;
il recevait les secours de la
charité avec plus de reconnais-

sance, avec moins d'orgueil blessé.

Un jour, Adèle trouva Dumont qui n'avait pas quitté son lit et qui paraissait plus affaibli; elle pria sa mère de vouloir lui envoyer du bouillon et un peu de vin.

Le lendemain, Adèle revint encore avec sa mère, et ces dames trouvèrent le vieillard plus malade.

« Je crois que je n'irai pas loin, dit-il en regardant Adèle et d'une voix éteinte. Si Dieu me rejette, qu'au moins il vous bénisse, vous, angélique enfant !

— Oh ! dit Adèle en laissant couler ses larmes, il nous bénira tous les deux, mon vieil ami. Mais je ne vous suffis plus aujourd'hui, M. Dumont. Il vous faut un prêtre : n'est-ce pas que vous le recevrez?

— Oh ! pas de prêtre ! dit Dumont en s'agitant sur sa couche; je n'en connais aucun,

je ne les aime pas ; ils me dam-
neraient tous, d'ailleurs…

— Ils vous ouvriront les
portes du ciel, mon ami, dit
Adèle en pleurant à chaudes
larmes ; comme moi ils auront
des paroles d'espérance : l'espérance est une vertu aussi.
Dieu est si bon qu'il l'a voulu
ainsi. Ma mère vous amènera
son confesseur ; il est si éclairé,
si rempli de charité ! »

Le vieillard ne répondit pas.

« Ne me refusez pas, reprit

Adèle en joignant ses petites mains. Mourez en chrétien; car je vous aime, M. Dumont, je veux vous retrouver au ciel!

— Faites de moi ce que vous voudrez, mon enfant, répondit-il enfin.

— Je veux faire de vous un saint, un ami de Dieu! s'écria Adèle transportée... Maman, ajouta-t-elle, voulez-vous envoyer chercher l'abbé S*** ? »

Mme Lambert embrassa son Adèle, et laissa tomber des

larmes sur son doux et frais visage de onze ans ; puis elle donna des ordres pour qu'on allât chercher le confesseur.

Dumont paraissait tristement préoccupé. Mme Lambert, se rapprochant de son lit, lui dit :

« Rassurez-vous, M. Dumont, l'abbé S*** va vous réconcilier avec vous-même ; il vous absoudra au nom de Dieu. Vous jouirez ensuite d'une paix que vous ne connaissez pas encore, et qui sera, soyez-en sûr, comme l'annonce de la paix du ciel ! »

L'abbé S*** vint bientôt voir le malade et n'eut pour lui que des paroles de consolation.

Le lendemain, Dumont, instruit et préparé par Adèle, reçut le saint Viatique avec les sentiments du repentir le plus sincère et de la piété la plus vive.

Mme Lambert et sa fille assistaient à cette sainte et touchante cérémonie. Après que le vieillard eut reçu son Dieu, il jeta sur Adèle un dernier regard plein de reconnaissance, et d'une voix affaiblie, mais que Dieu dut entendre, il appela sur la tête de la charmante enfant les bénédictions du ciel.

Quelques instants après, il expira en baisant la petite croix que lui avait donnée Adèle.

FIN

— Lille, Typ J. Lefort. 1376 —